ハリール・ジブラーンの詩

神谷美恵子

角川文庫
13080

目次

はじめに 7
おお地球よ 16
火の文字 24
花のうた 33
「挫折」 39

『予言者』について 45
結婚について 52
子どもについて 57
与えることについて 62
苦しみについて 67
しゃべることについて 72
宗教について 77

死について――88
別れ――93
『イエス』について――109
第一篇――115
第五篇――117
第一〇篇――120
第一四篇――123
解説　加賀乙彦　129

はじめに

ハリール・ジブラーン（一八八三―一九三一）はレバノン生まれの詩人で、日本ではあまり広く知られていないようですが、その作品はアラビア諸国だけでなく、アメリカ、ヨーロッパ、南米、中国にまで親しまれています。私は十年ほど前に彼の主著『予言者』を与えられてその詩の深みと美しさに打たれ、その後、アメリカで彼の著作数冊を求め、愛読しておりました。この度、本社編集部の方がジブラーンの詩を誌上に紹介する企画を立てられ、私がまだ読んでいなかった作品をも見ることができるように、いろいろと骨を折って下さいました。それでも全著作の約半分にしか接することができなかったのですが、その中から六回にわたって、いくつかの詩を拙訳連載することになりました。

ジブラーンはレバノンのブシェッリー町の名門に生まれ、母はマロン派のカトリック司祭を父とする人で、彼も生まれるとすぐ同派の洗礼を受けさせられています。しかし、彼の考えが反骨的すぎるために、二五歳のころ、この教会から破門され、祖国からも追放されていますが、彼の作品には宗教的、哲学的な香気が高く、しかも祖国を愛しながら欧米に暮したので、中近東と西洋双方のよいものが微妙にまざり合ったものになりました。入手しえた資料による限り、生涯独身であったようですが、きわめてあたたかい家庭に育ち、母を熱愛し、またゆたかな交友関係にも恵まれ、その上レバノン生まれの高名な女性詩人と生涯会うこともなく、文通だけでの友人であったそうです。ジブラーンは一二歳のとき家族とともにアメリカのボストンに移住し、三年ほどそこで就学していますが、一生のあいだ機械文明となじめなかったらしく、一五歳のころ、母にせがんで自然の美しい故郷レバノンに戻り、ベイルートのマロン派の学校に入りました。卒業後、シリア、レバノン、南ヨーロッパの各地方の自然と遺跡を訪ねて歩きまわり、この経験が彼の詩に強くにじみ出ています。例の国外追放のためか、二九歳からアメリカに永住することになりました。絵をかくことと、文をつづることに従事し、彼の本には自画がいくつもはさまれていますが、みな夢幻的な、独特な画風のものです。二五歳になってパリへ行き、芸術アカデミーに入学。彫刻家ロダンのもとに二年間学びました。「ジブラーンは二〇世紀のウィリアム・ブレークだ」とその頃の友人は評しています。その後はニューヨークに仕事場を持ち、ボストンにいる妹のところにしばしば休みに行きました。彼の詩には憂愁の色が濃いのですが、生まれつき体が弱かったこと（リューマチ性の心臓病？）、一九歳から二〇歳にかけて、妹、兄、母とつぎつぎに喪《うしな》っていることも影響しているのでしょう。ニューヨーク市には由緒ふかいセント・ヴィンセント病院というのがありますが、ジブラーンはそこで、まだ四八歳のときに亡くなっています。「強い精神が弱い肉体に住むのはたいへんなことだ」と自ら手紙に書いていますが、彼の一生は痛苦にみちていたようです。数々の名詩も病気の合間に書かれたのでした。

彼は子どものころから書くのが好きで、多くのものがいまなお未発表のままらしいのですが、二〇歳のとき、アメリカで発行されているアラビア語新聞の編集者にみとめられ、いらい長い間アラビア語で、アメリカ及びレバノン、エジプトなどで文章を発表していました。詩、散文詩、劇、絵画など、彼の表現の範囲は広いものでした。英語で詩を書くようになったのは三五歳のころで、このことによって世界的な注目の的になったと申せましょう。

本稿では入手できた著作の中からとくに詩だけをえらび出し、なるべく著作年代順に訳して著者の心境の深まりゆくさまを辿《たど》りたいと思います。英詩の著作年代ははっきりしているのですが、アラビア語のものは、彼の没後、一九六〇年代まで次々と訳されているのに、どういうものか原作の著作年代はほとんど記されておりません。わずかに彼の書簡集から多少推察するのみです。拙訳のあとにはそれぞれその出所、紹介、感想などを少し述べることにします。

なおアメリカではこの詩人の名をカーリル・ギブランと発音している人が多いようでしたが、本稿ではアラビア語ふうに呼ぶことにいたします。

おお地球よ

なんと美しく尊いものであることか、地球よ。
光に全き忠誠をささげ、
けだかくも太陽に服従しつくすあなたよ。
なんと愛らしきものであることか、地球よ。
もやのヴェールをまとう姿も、

闇につつまれたかんばせも。
曙《あけぼの》の歌のなんというやさしさ、
夕《ゆうべ》の讃歌《さんか》のなんという烈《はげ》しさ。
地球よ、十全にして堂々たるものよ。

私は野と山と谷と洞窟《どうくつ》を歩いて見出《みいだ》した、
野にはあなたの夢、山には誇りを、
谷にはあなたの静謐《せいひつ》、岩には決断を、
洞窟にはあなたの秘密がひそんでいるのを。

私は海と川とせせらぎを渡って耳をすまし、
潮のさしひきに永遠のことばを聞き、
山々のはざまに世々の歌がこだまし合うのを聞き、
峠と山道には生命へのよび声を聞いた。

なんと寛容なものであることか、地球よ。
私たちはあなたから元素をひきぬき、
大砲や爆弾をつくるのに、あなたは
私たちの元素から百合やばらの花を育てる。

なんと忍耐づよく慈悲ぶかいことか、地球よ。
あなたは神が宇宙の東から西へと旅したもうたときに、
み足のもとに舞いあがった塵《ちり》の一粒《ひとつぶ》でもあろうか。
または「永遠」のかまどから放射された火花なのか。
それとも大空の野に蒔《ま》かれた種《たね》で伸びて神の樹となり、
天の上にまで届く高い枝《えだ》を伸ばしているのか。
あるいはまた時の神が空間の神のたなごころの上に
のせたもうた一個の宝石でもあろうか。

地球よ、あなたはだれ、そしてなに。
あなたは「私」なのだ、地球よ！

あなたは私の見るものと私の識《し》るもの。
あなたは私の知と私の夢。
あなたは私の飢えと私の渇《かわ》き。
あなたは私の悲しみと私のよろこび。
あなたは私の放心と私の覚醒《かくせい》。
あなたは私の眼《まなこ》に生きる美であり、
心にあふれるあこがれであり、

私の魂の内なる永遠の生命である。
あなたは「私」なのだ、地球よ。
私が存在しなかったならば、
あなたは存在しなかったろう。

「思索と冥想《めいそう》より」抜粋

これはアラビア語からの重訳です。しかも全体の半分位にすぎません。恐らく、ごく若いころ書かれたものと考えられますが、ジブラーンの宗教的な自然観と審美観、そして宇宙的ともいえる壮大な視野が、すでによく現れているではありませんか。日常生活の卑近なものから、時には想像の翼をはためかせて、思い切り広く、遠く、地球のおかれている宇宙にあそび、地球に与えられている自然の恵みを思いみるのを助けてくれるのがジブラーンの詩です。

最後の「あなたは『私』なのだ」というのは一つの哲学的な立場でもあるわけで、この宇宙と自然の美を感知する人間が存在しなければ、その美もまた存在しないという考えかたもできるわけです。でもここでは、ジブラーンはそういう理屈をこねているのではなく、むしろ直観的に、そぼくに、宇宙の中の地球に生かされたよろこびを歌い、自然の美と深みを賛《ほ》めたたえている、とうけとめたほうが自然ではないでしょうか。同時に、たまたま地球に生まれあわせた人間の生命の貴さをも間接的に歌いあげていると思われるのです。

火の文字

「ここに眠るはその名を水で記されたる者なり」ジョン・キーツ

それならば夜々はわれらの傍《かたわら》を素通《すどお》りし、
運命はわれらを踏みにじるにすぎないのか。
われらは年月にのみこまれ、すべて忘れ去られ、
インクでなく水で記された名のみ頁《ページ》に残るのか。
この生命はかき消され、この愛は消え失《う》せ、

これらの希望《のぞみ》はうすれ行くというのか。

われらが建てたるものを死がうちこわし、
われらのことばも風で吹き散らし、
われらの営為《いとなみ》も闇がかくしてしまうのか。

では人生とはこうしたものなのか。
跡をとどめぬ過去、
過去を追う現在？
あるいは現在と過去を除いては意味なき未来？

われらの心にあるすべてのよろこびと
われらの精神を悲しませるものすべての結実《み》は
われらの知る前に姿を消してしまうのか。

人間とは大海《おおうみ》によどむうたかた。
一瞬水の面《おもて》に浮かび
過ぎゆくそよ風にとらえられてしまうものか。
――そしてはや存在せぬものとなるのか。
否、まことに、人生の真実は人生そのもの。

生命の誕生は母胎に始まらず
その終りも死にあるのではない。
年々歳々、すべて永遠の中の一瞬ではないか。

この世の生とその中のあらゆるものは
われらが死とよび、恐怖と名づける覚醒《めざめ》の
かたわらでの夢にすぎないのだ。
夢、そう。でもそこでわれらが見るもの
為《な》すものは、すべて神とともにつづいて行く。
われらの心から生まれる微笑《ほほえみ》と嘆息《ためいき》とを

大気はことごとくたずさえ行き、
愛の泉から湧き出るくちづけのすべてを
たくわえつづけるのだ。

かの世においてわれらは
自分の心の鼓動《こどう》を見るだろう。
神のようなわれらの立場の意味を知るだろう。
今は絶望がわれらの後につきまとうので
そのことをありえぬものと考えているにすぎない。

今日われらに弱点とみえるあやまちも
明日には人生の一環と見えるだろう。
報いなきわれらの苦悩や労役も
われらとともにあってわれらの栄光を語るだろう。
われらの耐え忍ぶ艱難《かんなん》も
われらの栄誉の冠となるだろう。

かの愛《めぐ》しき詩人キーツの歌は
人びとの心に美への愛を植えつづけている。
彼がそれを知っていたならば、言ったことだろう。

「私の墓の上に書け。ここに眠るは天の面に火の文字でその名を記したる者なり」と。

——「涙と微笑」より

これも重訳で、四行ほど省略したものです。友人にあてた手紙によると、この本にあるかきものはみな、二〇歳ごろ書かれたとのことです。英語への訳の出版は一九五〇年、つまり彼の没後一九年になります。ごらんの通り冒頭に英詩人キーツ（一七九五―一八二一）の墓碑銘として刻まれ

ている文句をかかげています。このことばは、二五歳で逝《い》った天才詩人キーツが自ら選んだものであることを、英文学者藤井治彦氏から教えて頂きました。

ジブラーンはキーツの墓碑銘に対して、ここで反駁《はんばく》しています。各々の人間の、この世での営みは決して無意味ではない。少なくとも、あとからくる人たちの生を励まし、ゆたかにしているではないか。美の詩人キーツの業績が、何よりもよくそれを証明しているではないか、と言っています。しかし、この人生肯定の背後にある宗教的なものを、見のがしてはならないでしょう。それでなければ、これは単なる浅い人間中心主義に陥ってしまいます。人間存在の意義のすべてを否定してしまわないためには、どれほど強く深い基盤が必要なのかを、あらためて思います。

花のうた

わたしは自然が語ることば、
それを自然はとりもどし
その胸のうちにかくし
もう一度《ひとたび》語り直す。
わたしは青空から落ちた星、

みどりのじゅうたんの上に落ちた星。
わたしは大気の力の生んだ娘、
冬には連れ去られ
春には生まれ
夏には育てられる。
そして秋はわたしを休ませてくれる。
わたしは恋人たちへのおくりもの
また婚礼の冠でもある。
生者が死者に贈る最後のささげもののもわたし。

朝がくると
わたしとそよ風は手をたずさえて
光来たれり、と宣言する。
夕《ゆうべ》には鳥たちとわたしは光に別れを告げる。

わたしは野の上にゆれ動き
その飾りとなる。
わたしの香《かお》りを大気にただよわせ、
眠りを深くし、

夜のあまたの眼はわたしをじっと見守る。
わたしは露に酔いしれ
つぐみの歌に耳を傾ける。
叫ぶ草たちのリズムにあわせて踊り、
光を見るために天を仰ぐけれど、
それは自分の像《イメジ》をそこに見るためではない。
この知恵を人間はまだ学んでいはしない。

――「涙と微笑」より

同じ本におさめられたこの花の歌は何とも愛らしいものです。このほかにまだ「波の歌」、「雨の歌」、「美の歌」、「幸福の歌」など美しい小品が巻末にいくつも並んでいるのですが、愛らしいだけでなく、同時に深く考えさせるものを持っているものとして、この歌をえらびました。それは最後の三行です。人間は地球と自然を超えたものを思いみる。天を仰ぐのは、その願いをあらわす身ぶりでしょう。しかし自然を超えるものは人間の思考力をはるかに超えているために、たとえば「神」を考えるにしても、人間は自分に似た存在としてしか、これを思い描くことができません。諸国の神話に出てくる神々がいかにも人間くさいのは、このためでしょう。ところがジブラーンは考えます。神はそんなに卑小なものであるはずがない。人間の思惟《しい》を遠く超えたものであるにちがいない。小さな花はそのことを知っていて、天を仰ぐときにも、そこに自分に似た映像を見ようとはしないのだ。——と私にはジブラーンが考えたのだと思われるのです。このような考えかたは、ジブラーンの精神的成長とともに、確固とした表現をとってくるのが後期の作品にみられます。

「挫　折」

挫《ざ》折《せつ》よ、わが挫折、孤独、孤高よ、
あなたはあまたの勝利よりも大切なもの、
この世のあらゆる栄《さかえ》よりも心に甘いもの。

挫折よ、わが挫折、自覚、挑戦よ、

あなたゆえに私はまだ若く足早《あしばや》なのに気づき、
名誉の桂冠《けいかん》に捉《とら》えられるべきでないのを知る。
あなたの中にあってひとりある境地を見出《みいだ》し
うとまれ、あざけられるよろこびをも知った。

挫折よ、わが挫折、光る刃《やいば》と盾よ、
あなたの眼《まなこ》のうちにこそ私は読みとった、
玉座につけられるとは隷従《れいじゅう》されるにすぎず、
理解されるとは平らにならされるにすぎず、
把握《はあく》されるとは自分が熟《う》れた果物のように、

摘まれ、食べつくされるにすぎないことを。

挫折よ、わが挫折、勇ましきわが同志よ、
私の歌や叫びや沈黙を今に聞かせてあげよう、
また多くの翼のはばたきや、
海原の迫り来るうねりの音や、
闇夜に燃える山々のことを、
あなただけから私は伝えてもらおう、
そして峨々《がが》たる私の魂にあなただけを昇らせよう。

挫折よ、わが挫折、不死なるわが勇気よ、
あなたと私と、嵐とともに笑おうではないか、
われらの内に死にゆくものをみな葬るために
ともに墓を掘ろうではないか、
そしてわれらは陽の中に毅然《きぜん》と立ち、
危険をはらむ存在となろうではないか。

——『狂人』中「挫折《ディフィート》」の全訳——

『狂人』という詩集は、ジブラーン三五歳の時初めて英語

で書き下ろしたもので、ニューヨークで出版されています。この詩に見られる狷介《けんかい》と烈《はげ》しさは親友からも非難されましたが、これに対してジブラーンは「狂人のすべてが自分であるというわけではない。これは自分が創り出した一人物なのだ。しかし、あらゆる魂には季節というものがある。魂の冬はその春とは異なり、その夏はその秋とはまたちがっている」と書簡の中で説明しています。しかし、ジブラーンの生涯に多くの「挫折」があったことはたしかですし、その苦しみのゆえに世俗に流されない美しい詩想の数々をつくり出しえたことは、まぎれもない事実でしょう。『狂人』もまたジブラーンの魂の一契機であると言ってよいのだと考えます。

ところでお断りしておかなくてはならないのは、婦人之友社のご尽力でかなりの数のジブラーン本をみることができたとはいえ、その内容の大部分は、散文か散文詩なのです。折角ならすぐれた内容の詩をお目にかけたいので、次には主著『予言者』から、そして最後の著書『イエス』から訳出することにいたします。

・『予言者』について

これから三回にわたって詩集『予言者』から、できるだけ多くの詩を訳すことにしました。この本にこそジブラーンの一生の思索が凝結しているように思われるからです。

すでに一五歳ごろからこの詩はアラビア語で書き始められ、三度も書き直されたそうですが、英語での出版は一九二三年、著者四〇歳のときです。この出版もらくらく運んだわけではありませんでした。四半世紀も詩人の心の中であたためられてきたこの作品がひとたび世に出ると、アメリカはもちろん、世界的といえる範囲で人びとの心に訴え、一種のブームさえおこり、「ジブラーニズム」ということばさえ作られたと言われます。

本書の構想を初めに説明しますと、主人公である予言者アル＝ムスターファーはオルファリーズという町の人びとから敬愛されていましたが、自分の生まれ故郷である島へ帰りたいと思って、船便を十二年も待っていました。やっとその船が来たのでよろこぶとともに、町の人びととの別れを思って悲しみにおそわれました。町の人たちも予言者が去って行くことを知って、みな仕事の手をとめ、集まってきて別れを惜しみました。その時、巫女《みこ》であるアルミトラが予言者に向かって、ご出発の前に、どうぞあなたの知恵を私たちに伝えて下さい、とたのみます。そして彼女や町のいろいろな人が「誕生から死まで」の間の人生問題について問いかけ、予言者がこれに答えることになります。結局この本は一ばん初めの「船の到着」と最終の「別れ」を除く二六の詩篇で一つ一つ独立したテーマを扱っている、ということになります。それらのテーマをあげてみますと次のようになります。

愛。結婚。子ども。与えること。飲食。仕事。喜びと悲しみ。家。衣服。売買。罪と罰。法律。自由。理性と情熱。苦しみ。自己を知ること。教えること。友情。

しゃべること。時間。善と悪。祈り。快楽。美。宗教。死。

これを全部訳すことは枚数が許しませんし、また各詩篇の中でも多少省略する場合があることをお断りしておきます。

初めの「船の到着」のところで意味が深いと思ったのは、巫女の願いに対して予言者が次のように答えていることです。「オルファリーズの人びとよ、あなたがた自身の魂の中で今、動いているものについて語るほか、ほかの何について私が語ることができようか」

人生についての知恵とは結局、万人の心にあるものにほかならない。ただ一般の人はそれをうまく自覚することも表現することもできない。みなに代って自覚し、これを新しく美しく表現するのが予言者、詩人の役割だというのでしょう。

結婚について

結婚についてお話をどうぞ、とアルミトラが言うと彼は答えて言った。
あなたがたは共に生まれ、永久《とわ》に共にある。
死の白い翼が二人の日々を散らすときも
その時もなお共にある。

そう、神の沈黙の記憶の中で共にあるのだ。
でも共にありながら、互いに隙間《すきま》をおき、
二人の間《あいだ》に天の風を踊らせておきなさい。

愛し合いなさい、
しかし愛をもって縛《しば》る絆《きずな》とせず、
ふたりの魂《たましい》の岸辺の間《あいだ》に
ゆれ動く海としなさい。
杯を満たし合いなさい、
しかし一つの杯から飲まないように。

ともに歌い踊りよろこびなさい。
しかしそれぞれひとりであるように。
リュートの弦が同じ音楽でふるえても
それぞれ別のものであるにも似て。
自分の心を（相手に）与えなさい。
しかし互いにそれを自分のものにしてはいけない。
なぜなら心をつつみこめるのは生命の手だけだから。
互いにあまり近く立たないように。
なぜなら寺院の柱は離れて立っており
樫《かし》や糸杉は互いの影にあっては育たないから。

聖なるものを中心にしての結婚観です。「天の風を互いの間に踊らせておく」だけ間隔をおき、それぞれが「ひとりであること」を可能とするような結婚——これをジブラーンは理想としたのですが、げんにこれをそのまま実現した方々も決して少なくないのを私どもは知っております。「同じ杯から飲むな」と言ったたぐいのことばは、もちろん文字通りにとってはいけないのであって、すべて象徴的であるのがジブラーンのことばの特徴です。最後の部分など、結婚を寺院とみたてているのがわかります。心がしいんとします。

子どもについて

赤ん坊を抱いたひとりの女が言った。
どうぞ子どもたちの話をして下さい。
それで彼は言った。
あなたがたの子どもたちは
あなたがたのものではない。

彼らは生命そのものの
あこがれの息子や娘である。
彼らはあなたがたを通して生まれてくるけれども
あなたがたから生じたものではない、
彼らはあなたがたと共にあるけれども
あなたがたの所有物ではない。

あなたがたは彼らに愛情を与えうるが、
あなたがたの考えを与えることはできない、
なぜなら彼らは自分自身の考えを持っているから。

あなたがたは彼らのからだを宿すことはできるが
彼らの魂《たましい》を宿すことはできない、
なぜなら彼らの魂は明日の家に住んでおり、
あなたがたはその家を夢にさえ訪れられないから。
あなたがたは彼らのようになろうと努めうるが、
彼らに自分のようにならせようとしてはならない。
なぜなら生命《いのち》はうしろへ退くことはなく
いつまでも昨日のところに
うろうろ　ぐずぐず　してはいないのだ。
あなたがたは弓のようなもの、

その弓からあなたがたの子どもたちは
生きた矢のように射られて　前へ放たれる。
射る者は永遠の道の上に的《まと》をみさだめて
力いっぱいあなたがたの身をしなわせ
その矢が速く遠くとび行くように力をつくす。
射る者の手によって
身をしなわせられるのをよろこびなさい。
射る者はとび行く矢を愛するのと同じように
じっとしている弓をも愛しているのだから。

この詩はほとんど説明を必要としないものでしょうが、すべて親たるもの、とくに母親たるものの心に強く訴えるところがあるので、すでに他で紹介したことがあるのですが、ここに再録しました。

与えることについて

与えるということについて話して下さい。
金持ちの人がこういうと彼は答えた。
自分の持ちものを与えるときは
少ししか与えていないものだ。
自分自身を与えるとき

その時こそ真に与えているのだ。
なぜなら持ちものとは明日の必要を恐れて
しまっておくものにすぎないではないか。

多くを持ちながら少しだけ与える者がある。
――それは人にみとめられるためで、
その隠れた願いが、施しを不健全なものにする。
少しだけ持ちながら、全部を与える者がある。
彼らは生命《いのち》と生命《いのち》の恵みを信じているから
その金庫が空《から》になることはない。

よろこびをもって与える者がある。
彼らにはそのよろこびが報いなのだ。
痛みをもって与える者がある。
彼らにはその痛みが洗礼となる。

与えるとき痛みもおぼえず、
よろこびも求めず、
徳をも意識しない者がある。
それは彼方《かなた》の谷でてんにんかの花が
芳香《におい》を大気に放つにも似ている。

彼らの手を通して神は語り、
彼らの眼の背後《うしろ》から
神は大地に向かって微笑《ほほえ》みたもう。

この詩はさらに与えるということを掘り下げて行くうちに、与える者は単なる道具であり——、「与えると自負する者は、じつは単なる立会人であるにすぎない」という考えかたに到達します。そしてみな受ける立場にある人間は「感謝を重荷とせず、与える者とともに、あたかも翼に乗るように、恩恵《めぐみ》の上に乗って高く昇れ」と結んでいます。

結局「与える人のひろい心は、自由な心の大地を母とし、神を父とするものであるから」というのです。「与える」という行為一つとっても、こんなに広く深く考えられることを感じとって頂ければ、と思います。

苦しみについて

苦しみについてお話し下さい、とある女が言った。
彼は答えた。
あなたの苦しみはあなたの心の中の
英知をとじこめている外皮《から》を破るもの。
果物の核《たね》が割れると中身が陽を浴びるように

あなたも苦しみを知らなくてはならない。
あなたの生命《いのち》に日々起る奇跡
その奇跡に驚きの心を抱きつづけられるならば
あなたの苦しみはよろこびと同じく
おどろくべきものに見えてくるだろう。
そしてあなたの心のいろいろな季節をそのまま
受け入れられるだろう。ちょうど野の上に
過ぎゆく各季節を受け入れてきたように。
あなたの悲しみの冬の日々をも
静かな心で眺められることだろう。

あなたの苦しみの多くは自ら選んだもの。
あなたの内なる医師が
病める自己を癒《いや》そうとしてのませる苦《にが》い薬。
だから医師を信頼して
黙ってしずかに薬をのみなさい。
医師の手がたとえ重く容赦なくとも
それは目に見えぬもののやさしい手に導かれている。
彼が与える杯がたとえあなたの唇《くちびる》を焼こうとも
それは大いなる焼物師が

自らの聖なる涙でしめらせた
その粘土でつくられたものなのだ。

ジブラーンが苦しみ《ペイン》というとき、からだの苦しみも心の苦しみもふくまれているのでしょう。彼自身、その双方を多く味わった人でおそらくその中から深い「英知」を身につけたのだと思います。自分の心の中の「いろいろな季節」をありのまま受け入れることを学んだのは大きな知恵だとしか言えません。また「自ら選んだ苦しみ」のあることを知ったのも人の心への鋭い洞察と思います。自分の内なる意志の存在に気づいた点も。

しゃべることについて

しゃべることについてお話を、とある学者が言った。
彼は答えて言った。
心が平和でなくなったとき
あなたがたはしゃべる。
心の孤独に耐えられなくなったとき

あなたがたは唇に生き
音は気散じと慰みになる。
おしゃべりの多くの中で
思考《かんがえ》は半ば殺される。
思考は空間《スペース》を必要とする鳥だから、
ことばの籠《かご》の中では羽をひろげるだけで
飛び立つことができない。

ひとりで居るのを恐れて
話好きの人を探し求める者がある。

ひとりで黙っていると、裸《はだか》の自己が見えるから
それを逃げたいと思うのだ。
ある者は自分でもわからずに、
知識も予感もなく話しているうちに、
ある真理をあきらかにすることがある。
かと思うと、内に真理を抱きながら
ことばで告げない者がある。
彼らのうちには、リズムある沈黙をたもって
精神が宿っているのだ。
道端や市場で友だちに会うとき、

あなたの内なる精神に導かせて
唇と舌を動かしなさい。
あなたの声の内なる声に
友の耳の内なる耳に語らせなさい。
なぜなら友の魂はワインの味をおぼえるように
たとえ色が忘れられ、器が失《う》せた後でも
あなたの心の真実をおぼえつづけるだろうから。

私たちの生活の多くが「おしゃべり」に費やされている

『予言者』について

ことを思って、この詩は省略せずに訳しました。人間の日常性の特徴の一つとして「おしゃべり」を重要視した哲学者がいましたが、私たちも大切な「ことば」と、なお一層大切な「沈黙」について考えてみたいと思います。

宗教について

ある老いた僧侶《そうりょ》が言った。宗教のお話を、と。
彼は言った。
今日私が話したことは
それ以外のことであったでしょうか。
宗教とはすべての行為《おこない》と思惟《かんがえ》ではないでしょうか。

行為と思惟でないとするならば、
それは魂の中にたえずほとばしり出る
畏敬《いけい》と驚異の念ではないでしょうか。
手で石を切り刻んだり
はたを織ったりする間にも
それはほとばしり出るものだ。
信仰を行為からひきはなすこと
信念を仕事から別けることなど誰にできよう。
眼の前に自分の時間をくりひろげて
これは神のため、これは私のため、

これは私の魂のため、こちらは私の体のため、
こういうふうに言えるひとがあろうか。
あなたの時間はすべて翼《つばさ》のようなもの。
空間の中をはばたいて
自己から自己へと飛んで行くものだ。

よそいきの衣をまとうように
自己の徳をまとう者は裸《はだか》でいるほうがよい。
風も太陽もその皮膚《はだ》に穴をあけはしまい。
倫理によって自己の行動を決める者は

歌う鳥を籠《かご》にとじこめてしまう。
もっとも自由な歌は
牢獄《ろうごく》の中からひびいて来はしない。
礼拝をまるで窓《まど》のように思い、
開けたり閉めたりする者は
自分の魂の家を訪ねたことのない者だ、
その家の窓は曙《あけぼの》から曙へと開かれているのに。

あなたがたの日々の生活こそ
寺院であり、宗教である。

そこに入るとき、何もかもたずさえて行きなさい。
すきも炉《ろ》も槌《つち》もリュートも、
必要あって作ったものも
たのしみのためにこしらえたものも。
なぜならじっと冥想《めいそう》しているときも
自己の業績よりも高く昇ることはできず、
自己の失敗よりも低く堕《お》ちることはできないのだ。
またすべての人びとを連れて行きなさい。
なぜなら礼拝するときも
人びとの希望《のぞみ》より高くは飛べず、

彼らの絶望より身を卑くすることはできないのだ。
神を知ろうとしても
それゆえに謎をとく者となってはいけない。
それよりもまわりを見まわしなさい、
すると神が子どもたちと遊んでいるのが見える。
また大気を仰ぎなさい、
すると神が雲の中を歩き給うのが見える、
いなずまの中でみ腕をひろげ
雨とともに降りて来給うのが。
あなたはまた見るだろう、

神が花の中に微笑み、木々の中で
み手をあげさげし給うのを。

ジブラーンの詩と思想の大きな特徴の一つは、それが宗教的なものに浸透されていることです。それならば彼は宗教をどう考えたのか、ということが、読者にとっても大きな問題となるでしょう。それを考えて、多少わかりにくいところがあっても、この詩も省略せずに全訳しました。
ここで見られる宗教とは、日常生活の全体にしみこんで

いるもので、とくべつな時や所に限られたものではないことがわかります。ジブラーンの考える神とは大自然の中に姿をあらわし、すべての人の日々の営みの中に息づく、大きな、自由な神であることがうかがわれます。このような大胆な考えかたをしていたジブラーンが、形式にとらわれていたマロン派の教会から破門されたのは当然のことだったのでしょう。ジブラーンは決して「謎をとく者」ではない。人生問題について何から何までわかっているわけでなく、まして人に謎をといて説教しよう、としているわけではない。彼はただ、魂の中にたえず驚異と畏敬《いけい》の念をほとばしらせ、人をとりまく宇宙と、人の内なる世界とを眺めていたにすぎません。しかし、そのまなざしの質は、おそらく小さな時から育まれた宗教的な資質につらぬかれていたのでしょう。彼の考えかたへの鍵《かぎ》のようなものは、ここにあるのだと思わされます。

また、礼拝するときは「すべての人びとを連れて行きなさい」と言っているあたりに、彼の独特な考えかたが見られます。言うまでもなく、文字通りたくさんの人びとを一緒に連れて行け、と言っているのではないでしょう。ただ、彼にとって宗教とは個人の問題だけではなく、人類全体の問題だったのだろうと思います。そして、ひとりの人が思惟《しい》なり行動なり、あるいは生活の中でなり、神を礼拝することは、いわば人類全体を代表しての礼拝というように考えていたのではないでしょうか。「人類全体」を「巨人」として表現するところが、ほかの詩に出てきます。

ジブラーンが亡くなる前にあらわした最後の詩集が、『イエス』であったことをみれば、彼の宗教観の根底にはキリスト教があったことはうたがえません。けれどもこの『イエス』をのちにご紹介するときに明らかになることですが、彼のイエス観は、既成概念にとらわれず、まったく自由奔放で、自分の心にふかく感応するものをのびやかにうたい上げています。ですから、おそらく宗教のかたちを問わず、ひろく人びとの心の奥底にねむる宗教心に訴えるものを持っているのではないかと考えます。

死について

今度は死について伺いたい、とアルミトラが言った。
彼は言った。
死の秘密を知りたいのですか。
しかし、生の只中《ただなか》にこれを求めないで
どうやって見つかるでしょうか。

闇に慣《な》れた梟《ふくろう》は盲《めし》いていて
光の神秘を明らかにすることができない。

もしほんとうに死の心を見たいと思うなら
生命《いのち》そのものに向かって広く心を開きなさい。
なぜなら川と海とが一つのものであるように
生と死は一つのものなのだから。

あなたの希望《のぞみ》と願望《ねがい》の深みに
彼岸《かなた》についての沈黙の知識がある。

雪の下で夢みる種《たね》のように
あなたの心は春を夢みている。
夢を信じなさい、
なぜなら夢の中にこそ
永遠への門が隠れているのだから。

死ぬとは風の中に裸《はだか》で立ち
陽の中に熔《と》けることではないか。
呼吸《いき》をとめるとは絶間《たえま》ない潮《うしお》の動きからこれを放ち、
何のさまたげもなく昇らせ、ひろがらせ、

神を求めるようにさせることではないか。
沈黙の川から飲むとき
そのとき初めてあなたは真に歌うだろう。
山の頂きに辿《たど》りついたとき
そのときこそあなたは昇り始めるだろう。
からだが土の中に横《よこた》わるとき
そのときこそあなたは真に踊るだろう。

生も死も、もっと大きな秩序の中の一部と考えるとき、

『予言者』について

死は新しい出発点と考えられることを、ジブラーンは多くの比喩《ひゆ》を通して歌いあげています。

次の「別れ」は最終篇で長いのですが、ジブラーンそのひとが、わりに短かった生涯の中で、自分の使命をどう考えていたか、がうかがわれる部分だと思うので、なるべく多く訳しました。

別れ

今や日は暮れた。
巫女《みこ》のアルミトラは言った。今日という日、
ここの場所、そして話して下さったあなたの心、
これらすべてに祝福あれ、と。
彼は答えた。

話したのは私だったろうか。
私もまた聞き手ではなかったろうか。

それから彼は寺院の階段を降り、
人びとはみな彼のあとについて行った。
彼は船に乗り、甲板の上に立ち、
人びとに顔を向けて声をあげた。
オルファリーズの人びとよ、
別れを告げよと風が命じている。
私は風ほど急いではいないが

でも行かねばならない。
私の滞在はみじかく
私のことばは一層みじかかった。
しかし、私の声があなたがたの耳に消え、
私の愛があなたがたの記憶から消え失《う》せるならば、
私はふたたび戻ってきて、
もっとゆたかな心と心に従順な唇《くちびる》で
話をするだろう。
そう、私は潮《うしお》とともにまた戻ってくる。

たとえ死が私を隠《かく》しても
もっと大きな沈黙が私をつつんでも
それでもふたたびあなたがたに語ろう。
それは無駄な願いではない。
もし私が言ったことの
何かが真理ならば、その真理は示されるだろう。
もっとはっきりした声で、
もっとあなたがたの思いと同質のことばで。
私は風とともに行く、オルファリーズの人びとよ、しかし無の中に去ってしまうのではない。
もし今日があなたがたの願いの成就した日でなく、
私の愛の成った日でないならば、
これをもって別の日への約束としよう。
人の願いは変る、しかし、その愛は変らない、
またその愛が彼の願いを満たすことを求める心も。
だから私はもっと大きな沈黙から戻ってくる。
あけぼのとともに流れ去る霧は
野原に露だけを残して行く。
その霧は昇って雲となり、雨となって落ちる。

私はその霧にも似たものであった。
夜の静寂《しじま》の中で私はあなたがたの町並みを歩き、
私の心はあなたがたの家に入って行った。
あなたがたの心の鼓動は私の心にあり、
あなたがたの呼吸《いき》は私の顔の上にあり、
私はあなたがた皆を知った。
そう、みなのよろこびと苦しみを知り、
あなたがたが眠るとき、
あなたがたの夢は私の夢となった。
しばしば山の中のみずうみのように

私はあなたがたの間《あいだ》にいた。
あなたがたの内なる頂きと傾く坂とを映し、
あなたがたの思いと願いの束《つか》の間の群さえ映した。
私の沈黙に答えてあなたがたの子らの笑いが流れ、
若者たちのあこがれが川となって注《そそ》いできた。
それが私の深みに達しても
流れと川は歌うのをやめなかった。

しかし、笑いよりも甘く、
あこがれよりも大いなるものが私を訪れた。

それはあなたがたの内なる限りないもの。
あなたがた皆が細胞となり、筋肉となって
つくりあげる巨大な人間《ひと》。
その人間《ひと》の歌声の中では
あなたがたの歌は音なき振動にすぎない。
あなたがたが巨大なのは
この巨大な人間《ひと》の中《うち》にあるからだ、
私は彼を見て、あなたがたを見、かつ愛した。
あなたがたの内なる巨大な人間《ひと》は
りんごの花で覆われた

そびえる樫《かし》の木のよう。
その力はあなたがたを地上へ折り曲げ、
その香気《におい》はあなたがたを大気へ持ちあげ、
いつまでも生きて行く彼において
あなたがたは不死なのだ。

他の人びとはここへ来て、
あなたがたの信仰に対して黄金《こがね》の約束をし、
あなたがたは彼らに富と力と栄光を与えた。
私は一つの約束さえしないのに

あなたがたはもっと多くを与えてくれた、
生命《いのち》へのもっと深い渇きを。
ひとの目的のすべてを乾いた唇とし
生命のすべてを泉とするようなもの、
これほど大きなおくりものがあろうか。
私の栄光と報いは次のことである。——
泉に飲みにくるたびに、生きた水そのものが
渇いているのを見いだすこと。
私がそれを飲む間《あいだ》、それは私を飲むのだ。
私をおぼえるとき、次のことを思い出して欲しい。

あなたがたの内で最も弱く、混乱しているもの
それこそ最も強く、決然としたものであることを。
あなたがたの町を建て、そのすべてを作ったのは
自分でも思い出さない夢ではないか。
その夢のささやきを聞くことができれば
他のどんな音も聞かなくなるだろう。

さよなら、オルファリーズの人びとよ。
今日は終った。
すいれんが自らの明日の上に閉じるように

今日は私たちの上に閉じつつある。
ここで与えられたものを私たちは保って行こう。
それで足りないならば、私たちはまた集まり、
与える者に私たちの手をさし伸べよう。
私が戻ってくるのを忘れないで下さい。
しばらくすれば私のあこがれは塵《ちり》と泡を集め
別のからだを作るだろう。
しばらく、風の上に休めば
ほかの女が私を産むだろう。
さよなら、あなたがたにさよなら、

そして共に過ごした青春にさよなら。
私たちが夢の中で出会ったのは昨日にすぎない。
あなたがたは私の孤独の中で歌いかけ、
私はあなたがたのあこがれで空に塔を築いた。
しかし、今、私たちの眠りは去り
夢は終り、もうあけがたではない。
もし別の夢の中で私たちの手が出会うなら
私たちは別の塔を空の中に打ち建てよう。

こうして予言者は船に乗って去って行きます。アルミトラだけがいつまでも岸壁に残り、彼の次のことばを思い出していた、とあります。「しばらく、風の上に休めば、ほかの女が私を産むだろう」という謎めいた予言者のことばです。

このことばをよく考えてみると、人間の心を深く洞察し、これに語りかける霊的指導者が、人類の歴史のところどころであらわれている。否、むしろつかわされている、とジブラーンが考えていたのではないかと思われます。指導者とはいえ、彼の考える指導者とは説教や命令や約束をするものではなく、万人とともに、人間より大きな存在に対して祈り求める存在、と考えていたことがわかります。そして個々の人間を「巨人」の一部と考えたこと、そこに人類的な視野のひろがりが感じられます。ジブラーンみずから、その予言者のひとりと自分を考えたのでしょうか。そうだとしても、それはあくまで「万人とともに人類の行くべき道を祈り求める」という意味でだったと思われます。もちろん、彼はみずから予言者と名のったわけではありません。

彼の人間観の中でも特にハッとさせられるのは、人間の行動を左右するものの中で最も力あるのは「夢」であり、「最も弱く、混乱しているもの」である、とするところです。深く考えてみるに足る洞察の一つと思います。

『イエス』について

ジブラーンのなくなる三年前に英語で出た詩集は『イエス』と題するもので、彼の生涯を通じて霊感の原点がイエスであったことを思わせます。ただし、この詩集に描かれたイエスは、ふつうの伝承のイエスとくらべて型やぶりの多面的、多次元的イエスと言えましょう。第一、この本の中でイエスやその周辺を語る人びとの多様さとその視点の多いことにおどろかされます。イエスと同時代の有名無名の七八人と現代人の一人に、それぞれの立場から語らせている、という雄大な構想を持つこの本は、他に類を見ないドラマを展開しているとも言えます。

同時代人七八人と言っても、聖書の中に全然姿も名もあらわしていない人たちが多くふくまれているのです。晩年のジブラーンが、いいえ恐らく一生を通じて、どんなに想像力をふくらませて、考えうるありとあらゆる視点からイエスを凝視しつづけたか、が察せられます。

七八人のうち、ふつう考えられる人物以外にどんな人がとりあげられているかを少し拾ってみますと、フェニキアに住む雄弁家アサフ、ギリシャ人の薬剤師フィレモン、ペルシャ人の哲学者、カペルナウムの若い僧、論理学者エルマダム、「メリーの一人」、ギリシャの詩人ルーマノス、ガリラヤの未亡人、バビロニアの天文学者、一人の哲学者、ナザレのヨタム、カエザレアのエフタ、ピラト、エルサレムのくつ直し、ピラトの妻、狂人と呼ばれる老ギリシャ人の羊飼、高位聖職者アンナ、ローマの番兵、ユダの母キボレア……という具合に、ただイエスを讃美《さんび》している人ばかりに語らせているのではないのです。それがかえって歴史的存在としてのイエスの姿を浮きぼりにするのに役立っています。

ところで、最後に語る現代人とは、ほかならぬわがジブラーンらしく、この長い部分は「レバノンから来た男――

一九世紀後に」と題されています。この部分は一四の詩篇から成り、ジブラーン自身がイエスのいろいろな面を歌いあげていますから、ここに彼ジブラーンのイエスに対する見方と人生観、宗教観、世界観が集約されていると見ていいのでしょう。一四の詩のうち、第一、五、一〇、一四篇を次に訳してみます。

第一篇

師よ、歌の師よ、
語られていないことばの師よ、
七度《たび》私は生まれ、七度《たび》死にました、
あなたの急《せ》かしい訪問とわれらの短い歓迎以来。
ごらん下さい、私はまた生まれました、

山の中の昼と夜に
あなたの潮がわれらを持ち上げたときを思い出して。
その後私は多くの土地と海をわたりました。
鞍《くら》にのせられたときも帆に導かれたときも
どこでも人はあなたのみ名を祝福するか呪うかでした。
呪いは失敗に対する抗議であり
祝福は狩人が山から帰ってきて
妻に糧食《たべもの》を持ちきたる時の讃歌でした。

第五篇

師よ、詩人なる師よ、
歌われ、語られたことばの師よ、
彼らは寺院を建てて御名を住まわせようとし、
どの高みにもあなたの十字架をかかげました、
彼らの気まぐれな歩みを導く印《しるし》と象徴として。

でもそれはあなたをよろこばせはしない。
あなたのよろこびは彼らの視野を超えた高みにあり
それは彼らの慰めとはならない。
彼らは自ら知らない人を敬《うやま》おうとしている。
でも彼らと同じ人間に何の慰めがあろうか、
彼らと同じやさしさしか持たない人間に、
彼らの愛と同じ愛しか持たない神に、
彼らの慈悲による慈悲しか持たない神に?
彼らはそのひと、生きたそのひとを敬《うやま》わず、
初めて眼《まなこ》を開き、ふるえぬまぶたをもって

陽を眺めたひとを敬わない。
否、彼らは「彼」を知らず、
「彼」のようになろうとは思わない。

第一〇篇

師よ、われらの淋《さび》しき時の師よ、
ここ かしこで、ゆりかごと棺《ひつぎ》の間《あいだ》で、
あなたの黙っている兄弟たちに私は出会う、
手かせ足かせを脱《の》がれた自由な人びとに、
あなたの母なる大地と空間の息子たちに。

彼らは空の鳥のようであり、
野の百合《ゆり》のようです。
彼らはあなたの生を生き、あなたの思いを思う、
そしてあなたの歌にこだまするのです。
でも彼らの手は空《から》で、
大いなる十字架につけられはしない。
そこに彼らの痛みがあるのです。
この世は彼らを毎日十字架につけますが、
ただ小きざみにやるだけ。
空はゆるぎはしません。

死者の住む大地は苦悶《くもん》しはしません。
彼らは十字架につけられはしますが、
その苦しみを見る者はいません。
彼らは顔を右へ左へと向けますが
彼の王国に自分の場所を約束してくれる者は
だれひとり見つかりません。
でも彼らは度々十字架につけられようとする、
あなたの神が彼らの神となるように。
あなたの父が彼らの父となるように。

第一四篇

師よ、天の心を持つわれらの美しき夢の騎士よ、
あなたは今日もまた歩き給う。
弓も槍《やり》もあなたの歩みをとどめはしないでしょう。
われらのすべての矢をくぐってあなたは歩き給う。
あなたはわれらに微笑みかけ、

われらの誰より若くいまし給うけれども
われらみなの父となり給う。
詩人よ、歌い手よ、偉大なる心の主よ、
われらの神があなたのみ名を祝し給わんことを、
あなたの宿りし胎《はら》、
あなたに乳を与えし胸を祝し給わんことを。
そして神がわれらみなを許し給わんことを。

以上はジブラーン自身のイエスに対する語りかけのごく一

部にすぎませんが、死を間近にひかえたジブラーンの、いわば信仰告白のようなものに思われます。きわめて自由で、言ってみれば異端的かも知れないこの詩には、バッハのカンタータのような静かで深い響きが感じられます。次に篇を追って少し問題になりそうなところをとりあげてみましょう。

第一篇の「私は七度生まれ、七度死んだ」ということばは謎めいていますが、七という数字を象徴的に解するならば、『予言者』の「別れ」にあったことばと関連づけて考えることができましょう。イエスがこの世へ来て去ってから、二〇世紀ちかい歴史の中で、彼の生の意味を思い、それを自らも生きようとした人びとは、いろいろな時期に、いろいろな所であらわれています。時代と場所と個性によって、イエスという存在の意味の解釈のしかた、それに応じた生きかたがそれぞれ異なっているのは当然です。でもその志において、彼らは一つ、あるいはきわめて近いと言えるのではないでしょうか。大ざっぱに言えば、イエスを凝視することによって生の意味を知ろうとし、自分の人生の中で神に近づこうとした、といえましょう。

ジブラーンが自分をそのひとりと考えたことは、まずまちがいないと思います。回教のさかんな国に生まれ育ち、キリスト教国とはいえ、機械文明のさかんなアメリカに住んでいた彼としては、並々ならぬ心の闘いを経験したのではないかと思います。

それは第五篇の、形式的なキリスト教や、その信仰者への痛烈な批判としてあらわれています。また第一〇篇の孤独感にもみられるでしょう。

第一四篇、つまり最終篇はイエスに対する讃歌《さんか》ですが、最後の行は神への許しの願いで終っています。ここへ来て、ジブラーンの信仰は、ことばにあらわれた以上に根が深いのではないか、とハッとさせられます。以上でジブラーンの簡単な紹介が終りました。

宇宙的な壮大な詩の世界と聡明で善意にあふれた訳者との幸運な出会い

加賀乙彦

これは普通の詩集ではなく、詩を訳しながら、訳者が詩について感想や説明を述べている。いわば詩人と訳者とが対話を交わしている。詩人の心を味読しながら、訳者は詩の誘い出してくる美しい世界、高貴な世界、深くまた広大な世界に魅せられて、そこに自分自身の散文詩を書き加えている、そんな気のする詩集である。本である。

訳者によるとハリール・ジブラーンはレバノンに一八八三年に生まれた詩人で、その作品はアラブ諸国のみならず、アメリカ、ヨーロッパ、南米、中国にまで親しまれているという。レバノンの名門の人である母はマロン派のカトリック司祭を父とする人で、彼も同派の幼児洗礼を受けた。その後の人生については訳者の紹介に詳しいので、私は彼はアメリカで一九三一年に死亡したことだけを付記しておく。享年四十八歳。

訳者の神谷美恵子は、一九一四年に前田多門の長女として岡山県に生まれた。一九二三年に父が国際労働機関政府代表となり、夏一家でジュネーヴへ移住、一九二六年日本に帰国するまで彼《か》の地で教育を受けた。一九三五年津田英学塾卒、一九三八年、結核で療養ののち、津田梅子奨学金を与えられ米国留学に出発しようとしたとき、たまたま父がニューヨークの日本文化会館館長となったため一家で渡米し、コロンビア大学大学院ギリシャ文学科で勉学。ついで医学を志し、一九四四年に東京女子医専卒、精神医学の道を選び、東大精神医学教室で専門の研鑽《けんさん》に努め、終戦後、父が文部大臣になったため、父を助けて英訳や通訳の仕事をした。一九五二年に大阪大学医学部神経科に研究生として入局した。一九五七年に岡山のハンセン病療養所、長島愛生園での精神医学的調査を行い、翌年調査終了後も定期診療をつづけた。一九六三年津田塾大学教授になってからも、一九七二年までハンセン病者の治療を継続した。一九六六年、ヴァージニア・ウルフの研究のため渡英。著書『生きがいについて』が好評で、その後、『人間をみつめて』、『こころの旅』、『遍歴』などいくつかの著書を書いたり翻訳に打ち込んだりしている。が、晩年は病気がちで、自宅や病院で読書や執筆を続けていたが津田塾大学での出講もできずにいた。一九七六年津田塾大学を辞め、一九七九年没した。享年六十五歳。

精神科医、大学教授として勤めながらも、卓抜な語学力を生かして、岩波文庫にも入っているマルクス・アウレーリウスの『自省録』をはじめ、ミッシェル・フーコーの『臨床医学の誕生』やグレゴリー・ジルボーグの『医学的心理学史』のような大著の翻訳をも完成させた。とくに、ミッシェル・フーコーの翻訳と研究で、世に先んじていた。

ハリール・ジブラーンの詩の翻訳を、雑誌「婦人之友」に連載したのは、一九七五年七月号から十二月号にかけてで、これが本書の初出となっている。時期からいうと津田塾大学教授をやめる前年、その死の四年前である。

この詩集を読むと、ハリール・ジブラーンは日本では最高の理解者を持ち、しかも有能な翻訳者に恵まれたという思いがする。詩人の詩の呼吸と、訳者の没入が、調和していて、すばらしい翻訳になっていて、詩人の世界を私たちに開いてみせてくれている。詩人も幸福な出会いをしたが、読者である私たちもまことに幸福な詩の開示に恵まれた気がする。これは、あまり声高に言うべきことではないが、神谷美恵子が、ハリール・ジブラーンに触れることができたのは、当時の皇太子妃美智子様から詩集『予言者』をプレゼントしていただいたのが切っ掛けになったそうだ。現在の皇后陛下が、私たちにこの詩人を与えてくださったと考えると、人と人との結びつきの神秘を感じる。

最初の詩「おお地球よ」は、読めばそのままよく理解できる美しい詩である。こういう詩に解説を加える必要はないのだが、私は最初の一行から詩のなかに引き込まれ、壮大な詩心に魅せられてしまった。紹介するとしても、これは詩の冒頭の数行をここに書き写す以外の思案は私にはない。

なんと美しく尊いものであることか、地球よ。
光に全き忠誠をささげ、
けだかくも太陽に服従しつくすあなたよ。
なんと愛らしいものであることか、地球よ。
もやのヴェールをまとう姿も、
闇につつまれたかんばせも。

地球をあなたと呼ぶ。太陽に服従するけだかい存在だと思う。〝光に全き忠誠〟という初めの句は、〝闇につつまれたかんばせ〟の夜に対応している。地球への讃歌《さんか》は、山、谷、洞窟《どうくつ》、海とひろがり、ついに、「地球よ、あなたはだれ、そしてなに。あなたは『私』なのだ、地球よ！」で、突然に逆転する。対象であった地球は、じつは私によって知られ、見られていることによって生命を得ているのだ。この逆転が詩人の力強い豊かな感性を証明している。

「火の文字」は人生を歌っている。一人の人間の一生は、それだけで終わるのではない。その前にもその後にも永遠があるというのだ。これも驚くべき想像力である。ふつうは「ヨブ記」一の二一のように、人生は誕生と死の間に限られている。「わたしは裸で母の胎を出た。裸でそこに帰ろう。主は与え、主は奪う」と考える。しかし、私の生命は、人類という永遠の川の一滴に広がる。人生は生まれる前にも死んだあとにもつづくという。

生命の誕生は母胎に始まらず
その終りも死にあるのではない。
年々歳々、すべて永遠の中の一瞬ではないか。

私は生まれる前にも存在し、死後も存在するという。すべての人間の、人生には意味があるという力強いメッセージが、キーツの墓碑銘の「水で記された」を「火の文字でその名を記し」に替えられる。人生の意味を問い、その意義を主張する、ともかく励ましの詩である。

「花のうた」は、自然の語ることばとしての花の美をあますところなく描いている愛らしい詩である。しかし、その自然とは、神が造ったものであり、天を仰いでも神を見ることはできない。訳者もこの詩の最後の三行を重視しているが、私もそう思う。

「挫折」は常のこの主題の詩のように、嘆き呪う詩ではない。むしろ、挫折《ざせつ》を喜び、「心に甘いもの」として、神の恵みとしている。挫折の反対に成功をこそ、おとしめねばならない。

玉座につけられるとは隷従されるにすぎず、
理解されるとは平らにならされるにすぎず、

把握されるとは自分が熟れた果物のように、
摘まれ、食べつくされるにすぎないことを。

これは激しい詩である。挫折を「勇ましきわが同志」と呼ぶ、戦いの詩である。この詩人の別な一面を見せた作品である。

詩集『予言者』からの八篇は、巫女《みこ》であるアル＝ミトラが予言者アル＝ムスターファーに問い、答えている体裁をとっている。蛇足かも知れないが、原書の Prophet は神から預けられた言葉を人々に伝える人で、普通〝預言者〟と訳されるが、訳者は、〝予言者〟の言葉を用いた。その理由は不明だけれども、アル＝ムスターファーが未来を推測する力を持つ人という意味をこめたと訳者が考えたせいかも知れない。

「結婚について」は、「共にありながら、互いに隙間をおき、二人の間に天の風を踊らせておきなさい」と、夫婦が他人であることを強調している。あまりにぴったりと一体化した夫婦は、かえって成功しない。寺院の柱のように離れ、樫《かし》や糸杉は相手を影のなかに入れないことで育つ。ここで表現されているのは、肉欲としての夫婦愛よりも、相手との差異を大切にする智慧《ちえ》を大切にすることである。ジブラーンの経験がそう言わせた気がするのだが、確かめられはしない。

「子どもについて」は分かりやすい詩である。親は息子や娘を愛しているが、決して所有しているのではない。また母はその子を生むが、それは自分の能力のなせる業ではない。子どもを持つことの不思議は神のなせる業である。

彼らはあなたがたを通して生まれてくるけれども
あなたがたから生じたものではない、
彼らはあなたがたと共にあるけれども
あなたがたの所有物ではない。

親を弓にたとえ、子どもを矢にたとえている最後の部分の比喩《ひゆ》は卓抜である。この詩人はこういう簡単で適切な比喩を、ふっと創り出す才能に恵まれている。

「与えることについて」は、ルカ福音書二一の一〜四を思い出させる。むしろそこから発想した詩であろう。

イエスは目を上げて、金持ちたちが賽銭箱《さいせんばこ》に献金を入れるのを見ておられた。そして、ある貧しいやもめがレプトン銅貨二枚を入れるのを見て言われた。「確かに言っておくが、この貧しいやもめは、だれよりもたくさん入れた。あの金持ちたちは皆、有り余る中から献金したが、この人は、乏しい中から持っている生活費を全部入れたからである。」

詩人は聖書に精通している。そしてこの詩にはルカ福音書にまさる解説はない。

「苦しみについて」は前に出た「挫折」と同じ趣向の詩である。ただし調子はこちらのほうがおだやかである。挫折は成功を目指す勢いがあるが、苦しみには静かな諦念《ていねん》がある。

「あなたの苦しみの多くは自ら選んだもの」というのは、挫折と同じく、苦しみをも自分で引き受けるべきものとして許容するという人生観がある。

「しゃべることについて」は、パスカルの気散じ（divertissement）やハイデガーのおしゃべり（Gerede）が、人間の不安から来るというのと同じ考察である。沈黙に耐えられない人が、おしゃべりにふける。沈黙の大切さを、述べている詩と私は見た。

「宗教について」は、ジブラーンの肉声を聞く思いがする。日常生活すべてに浸透しているのが宗教であって、特別な寺院や祈りの場所にのみ宗教はあるのではない。毎日の人間の行為、仕事、すべてが宗教である。「あなたがたの日々の生活こそ寺院であり、宗教である」と高らかに彼は言っている。

「死について」は、「川と海とが一つのものであるように生と死は一つのものなのだから」で要約されている。死を問う者は、かならず生についても問う。生死はひとつのことという仏教的な意識も見られる。

「別れ」は長い詩だが、わかりやすい別離の言葉であってとくに解説も解釈もいらないであろう。予言者アル＝ムスターファーは、いよいよ船に乗り込み、人々に別れを告げている。「話したのは私だったろうか。私もまた聞き手ではなかったろうか」と言い、自分が人々の家に入り、みなのよろこびと苦しみを知り、「あなたがたが眠るとき、あなたがたの夢は私の夢となった」という。予言者とは万人の心を心とした人であった。

『イエス』というジブラーンの亡くなる前に出された詩集から四篇が訳されている。キリスト者であった訳者にももっとも興味の深かった詩集であったろうが、ここに出ているイエスは型破りでもあって、ちょっと訳者を当惑させたかのように、その文章に語られている。

「第一篇」は、二千年に亘《わた》って生まれ出た多くのキリスト者を示しているらしい。訳者が七という数字を象徴的に解釈した行き方に私も賛同する。「第五篇」は巨大な教会堂を建てる人たちが、かならずしもイエスの喜びではないこと、むしろ偽善であることを、皮肉に鋭く突いている。「第一〇篇」の「われらの淋《さび》しき時の師よ」とは、キリスト者の道を歩く人々の孤独を、イエスにまねびながら及ばない人々の反省を述べている。「第一四篇」

は賛美と祈りであろう。イエスは「夢の騎士」であり、「詩人」であり「歌い手」である。イエスを産んだマリアへの讃歌と許しへの祈りが最後に出てくる。

ハリール・ジブラーンの詩は、宇宙的な想像力のたまものであり、美しく壮大である。それを訳した神谷美恵子は、全身全霊でその詩の世界に呼応し、聡明で善意に満ちた語学力でもって、詩を端麗な日本語に移し替えた。この訳詩集は、ジブラーンと神谷美恵子の幸運な出会いであり対話だとも言えよう。

本書は一九八九年九月にみすず書房より刊行された『うつわの歌』所収
「ハリール・ジブラーンの詩」を文庫化したものです。

ハリール・ジブラーンの詩《し》

神《かみ》谷《や》美《み》恵《え》子《こ》

平成15年 9月25日　初版発行
令和7年 7月5日　23版発行

発行者●山下直久

発行●株式会社KADOKAWA
〒102-8177　東京都千代田区富士見2-13-3
電話　0570-002-301（ナビダイヤル）

角川文庫 13080

印刷所●株式会社KADOKAWA
製本所●株式会社KADOKAWA

表紙画●和田三造

●お問い合わせ
https://www.kadokawa.co.jp/（「お問い合わせ」へお進みください）
※内容によっては、お答えできない場合があります。
※サポートは日本国内のみとさせていただきます。
※Japanese text only

ISBN978-4-04-361702-9　C0192

◆◆◇

角川文庫発刊に際して

角川源義

第二次世界大戦の敗北は、軍事力の敗北であった以上に、私たちの若い文化力の敗退であった。私たちの文化が戦争に対して如何に無力であり、単なるあだ花に過ぎなかったかを、私たちは身を以て体験し痛感した。西洋近代文化の摂取にとって、明治以後八十年の歳月は決して短かすぎたとは言えない。にもかかわらず、近代文化の伝統を確立し、自由な批判と柔軟な良識に富む文化層として自らを形成することに私たちは失敗して来た。そしてこれは、各層への文化の普及滲透を任務とする出版人の責任でもあった。

一九四五年以来、私たちは再び振出しに戻り、第一歩から踏み出すことを余儀なくされた。これは大きな不幸ではあるが、反面、これまでの混沌・未熟・歪曲の中にあった我が国の文化に秩序と確たる基礎を齎らすためには絶好の機会でもある。角川書店は、このような祖国の文化的危機にあたり、微力をも顧みず再建の礎石たるべき抱負と決意とをもって出発したが、ここに創立以来の念願を果すべく角川文庫を発刊する。これまで刊行されたあらゆる全集叢書文庫類の長所と短所とを検討し、古今東西の不朽の典籍を、良心的編集のもとに、廉価に、そして書架にふさわしい美本として、多くのひとびとに提供しようとする。しかし私たちは徒らに百科全書的な知識のジレッタントを作ることを目的とせず、あくまで祖国の文化に秩序と再建への道を示し、この文庫を角川書店の栄ある事業として、今後永久に継続発展せしめ、学芸と教養との殿堂として大成せんことを期したい。多くの読書子の愛情ある忠言と支持とによって、この希望と抱負とを完遂せしめられんことを願う。

一九四九年五月三日